**Jutta Richter**

# Yo aquí sólo soy el perro

Colección dirigida por Maribel G. Martínez


Cubierta: Hildegard Müller



© 2011 Carl Hanser Verlag München
© Para España: Lóguez Ediciones 2012
Ctra. de Madrid, 128. Apdo. 1. Teléf. 923 138 541
37900 Santa Marta de Tormes (Salamanca)
www.loguezediciones.es
ISBN: 978-84-96646-80-3
Depósito legal: S.223-2012
Gráficas Varona, S.A.

Papel ecológico

Jutta Richter

# Yo aquí sólo soy el perro

Ilustraciones de Hildegard Müller
Traducido del alemán por
L. Rodríguez López

Lóguez

# Capítulo primero,

en el que yo, inicialmente, estoy a gusto
tomando el sol

Qué día de otoño.

Qué condenadamente bello día de otoño.

Tiempo para perros,
    auténtico día para perros.

Sol, cálido como la leche materna.

Cálido como lamerse la barriga.

Y harto de comer.

Harto de beber.

Harto de cazar.

Esta vez, casi la habría atrapado, a la liebre.

No faltó mucho.

Si no hubiera sido por la obligación.

Me distrajo una décima de segundo.

Pero así son ellos.

Siempre, cuando estoy cerca del objetivo,
    llega el silbido.

Se han hecho con un silbato para perros.

¡Tremendo!

Atraviesa patas y tuétano.

En realidad, me llamo Brendon, pero ellos
    me llaman Anton.

Me han rebautizado, dicen.

Es más fácil gritar Anton que Brendon.

Las palabras no les fluyen fácilmente
    entre los labios.

Y, posiblemente por eso, necesitan también
    el silbato para perros.
Definitivamente, les falta elegancia y
    mundo.
Quizá tenga que ver con que
su lengua es más corta que la mía.


¿Me permiten que me presente?
Mi nombre es Brendon y procedo de
    Hungría.
Vieja ascendencia de perros pastores.
Mis hermanos se llaman Bela, Bratko y Bence.
Los he perdido de vista.
Con nosotros, los perros, sucede así.
Nos perdemos de vista, se nos separa con un
    par de semanas de vida,
nos asignan un nuevo
    hogar,
nuevos dueños, nuevo entorno,
    nuevos olores.
No nos resulta fácil
    acostumbrarnos de nuevo,
pero somos inteligentes, aprendemos a
adaptarnos y, si todo marcha bien,
nos hacemos rápidamente con el mejor sitio
    en el nuevo hogar.
Y de eso se trata. Tienes que ocupar los
    mejores sitios
si quieres tener una buena vida.

Ahora el mejor sitio es el banco del jardín, al
    lado de la puerta de la casa.
Un cojín suave, algo de sombra, algo de
    sol.
Hoy ni siquiera las moscas molestan.
Una ligera corriente de aire acerca un aroma de
asado a mi nariz y puedo soñar medio dormido.
Con Hungría, con la Puszta, con los rebaños.
Nosotros teníamos rebaños, eran tan grandes
que se necesitaban seis perros pastores para
custodiarlos.
Vacas cuernilargas de la estepa, cerdos mangalica
    y ovejas de Valaquia.
Mis preferidas eran las ovejas de Valaquia.
Tienen cuernos de sacacorchos y expresión
    seria.
Parecen sabias e inteligentes, pero eso confunde
porque, después de todo, son torpes
    como todas las ovejas
y estarían perdidas sin perro pastor.
Mi tío Ferenc era el mejor.
Salvó a más de una oveja.
Incluso se enfrentaba a los chacales dorados y
salía vencedor contra cualquier gato montés…
¡Ah, la vida es maravillosa!
Un suave cojín, algo de sol, algo de
    sombra,
que, de pronto, se agranda y oscurece y…
    ¡Ay!

¡Nuevamente se ha acercado silenciosa!
Lo hace todas las veces.
Se acerca sigilosa, salta
y, en el aire, saca las uñas.
Un dolor y me siento marear.
No hay sitio preferido que merezca ese dolor.
No lo puedo entender.
En definitiva, yo estaba aquí primero;
en definitiva, son *mis* mejores sitios.
¿Por qué diablos acogieron a esta gata?
     ¿Por qué?
Yo fui amable, quería saludarla,
olerla, lamerla.
Así se hace entre nosotros, en Hungría,
se saluda al nuevo compañero.
Hay que ser abierto,
se comparte.
¿Y qué hace ella?
Pequeña como es, gruñe, me mira, bufa,
     incluso escupe.
Y mueve el rabo,
absolutamente amable.
¿Qué debo pensar?
Que quiere jugar, naturalmente.
Yo muevo el rabo como respuesta.
Ella levanta la pata. Yo la imito.
Y entonces saca las uñas
y las clava profundamente en mi nariz.

Sucedió tan rápido, dolió tanto...
Chillé y huí debajo del sofá.
Ella tenía una expresión satisfecha.
Chupó mi sangre de su uña.
Después saltó al sillón.
A mi sillón, bien entendido,
    a mi sitio,
haciéndose un ovillo y durmiéndose.
Desde entonces, hay guerra.
Yo la evito.
Ella me sigue sigilosamente.
Es una guerra que nunca jamás
    ganaré.
Ella es capaz de trepar a los árboles,
    saltar sobre el muro sin coger impulso.
Allá donde yo estoy abajo, ella siempre está arriba.
Y si ladro fuerte y bronco,
llega mi gente y exclama:
"¡Malo!" y "¡Fuera!" y "¡No!".
Y entonces ella baja la cabeza, pone
expresión inocente, maúlla y ronronea.
Y la acarician y compadecen.
¡Es para echarse a llorar!
La llaman Misi.
Es negra y tiene ojos amarillos
que brillan en la oscuridad.
Por las noches, se pone sobre el muro y lanza
unos gritos que parece que el mismísimo
diablo está sentado en tu nuca.

Sin embargo, su griterío parece no molestarle
a mi gente porque nadie le dice a Misi ni
"¡mala!" ni "¡fuera!" ni "¡no!".
Quizá porque ella maúlla cuando la
    llaman.
Y ronronea frotándose contra sus piernas.


Mi tío Ferenc siempre nos ha advertido sobre
    los gatos.
Decía que todos descienden de los gatos
monteses y que los de color negro son los
    peores.
Se hacen grandes como panteras y, si no
se les intimida a tiempo, terminan también
    desgarrando corderos.
*Az okosabb enged*, dice un dicho popular
    húngaro.
*Az okosabb enged*. El más inteligente, cede.
No tengo elección, yo soy el más inteligente.
¡Oh, qué dolor!
¡Oh, qué derrota!
De nuevo, ella está arriba.
De nuevo, yo estoy abajo.
Se estira en mi banco del jardín.
En mi mejor sitio.
Hace como si durmiera;
sin embargo, deja, como por casualidad,
una pata colgando, bamboleándola sobre
mis ojos y puedo ver cómo

saca lentamente sus uñas y, de nuevo
también muy lentamente, las vuelve
a recoger en su almohadilla.
En nuestro país, Hungría, ningún gato casero
    lo intentaría.
En Hungría, todos los gatos saben dónde
está su sitio; ya se ha ocupado
    tío Ferenc de ello:
en el granero, en la pradera,
donde, durante horas, tienen que
estar encogidos sobre la hierba
para que, en algún momento,
puedan tener finalmente un enclenque ratón
entre sus garras.
En fin, las cosas aquí son distintas.
Aquí no hay ningún tío Ferenc.
Aquí yo me llamo Anton y tengo que
    valerme por mí mismo.

No es que quiera quejarme.
Unas cosas con otras, he tenido suerte.
El comedero está siempre lleno, agua fresca
y, como recompensa, hay cortezas de cerdo.
Secas, bien fritas, deliciosas.
Y, gracias a Dios, también hay más y mejores
    sitios en la casa.

# Capítulo segundo,

en el que os presento a mi gente

Los nuevos dueños son amables.
El señor se llama Friedbert.
Y nos une el placer por caminar.
Por muy mal tiempo que haga, camina conmigo
    por el bosque.
Naturalmente, él no es tan rápido como yo,
    debido a que
camina solamente a dos patas
y así no puede dar grandes
    saltos.
Para llamarme, se lleva con él
    ese silbato para perros
y yo intento no oírlo.
Friedbert no entiende mucho de perros pastores.
Nosotros hemos nacido para
    custodiar grandes rebaños.
Rebaños de vacas cuernilargas, rebaños de cerdos
y, no por último, rebaños de ovejas.
Las ovejas arrancan la hierba,
balan
y son tontas.

No saben
dónde queda el norte ni dónde el sur,
estarían perdidas sin nosotros.
La Puszta es el trozo de tierra
    más extenso del mundo.

Allí vive el chacal dorado, la comadreja de la
estepa, allí vive el gato montés y también el
        perro mapache.
Allí, se puede correr todo recto durante días.
Allí no hay cercados, ninguna frontera,
        ningún bosque, ninguna casa.
Sólo grasienta hierba verde
y, a veces, un pozo en medio del campo
y, si se tiene suerte, un viejo pajar
que ofrece protección del viento y de la lluvia
        por la noche.
Pero allí el cielo es alto y azul,
        como un océano.
Nosotros vivimos fuera, con nuestros
hocicos dirigidos al viento, olfateando
        el peligro
y, día y noche, damos vueltas alrededor del rebaño.
Si una oveja se escapa del redil,
la traemos de vuelta.
Y no nos detiene ningún silbato para perros.
A eso, nosotros lo llamamos responsabilidad…
Sin embargo, Friedbert lo llama desobediencia.
Sabría de lo que soy capaz
si me diera un rebaño de ovejas.
Pero no lo hace.

Aquí no hay ninguna oveja de Valaquia.
Y tampoco conocen al chacal dorado.
Aquí, únicamente conocen a las liebres
y a los patos.

Las liebres son demasiado rápidas para mí.
Me gustaría reunirlas en un redil,
pero corren en zigzag y se ocultan
    en la hierba.
El pueblo de las liebres no conoce el orden.
Y no hablemos de los patos.
Se reúnen en grandes grupos,
son ruidosos y levantan el vuelo
    en cuanto me acerco.
Lo cual tiene que ver con el silbato, con Friedbert,
    no conmigo.
¿Cómo se pueden asumir así responsabilidades?
¿Cómo se puede demostrar de lo que uno
es capaz?
Otra vez:
*Az okosabb enged*. El más inteligente, cede.
Yo soy el más inteligente, eso está claro.
Y cuando Friedbert quiere,
    obedezco echándome a sus pies.
Entonces, a veces y como recompensa,
    hay cortezas de cerdo.
Y yo hago casi todo por cortezas de cerdo.


Friedbert tiene una voz profunda y una lengua
    corta. Es el jefe de la manada.
Si no hago lo que me dice, no hay
    cortezas de cerdo,
me sujeta de las orejas y tira fuerte,
ocasionándome por lo menos tanto dolor
    como las uñas de la gata en mi nariz.

Bueno…
Pero a los otros los tengo bajo control.
Un ligero gemido, un alegre saludo con el rabo,
un empujoncito con el hocico
e inmediatamente hacen lo que quiero.

La jefa responde al nombre de Emily.
Tiene un buen corazón y una voz
    aguda.
Es la guardiana de las cazuelas en la cocina.
Ella es la que abre mis latas,
me pone agua y, por las noches,
sus manos huelen a piel de pollo,
a foie-gras y a jamón.
Un ligero gemido, un alegre saludo con el rabo,
    un empujoncito con la nariz
y me ofrece un exquisito bocado.

En secreto, naturalmente, porque Friedbert
no valora los ricos bocados sin merecerlos.
No puede saber lo que hace Emily
porque, de lo contrario, también la estirará
    de las orejas.
No lo sé.
Solamente sé que tengo que estar sin moverme
debajo de la mesa y a los pies de Emily.
Nosotros, los perros pastores húngaros, vivimos
    para cuatro cosas:
para las ovejas, las cortezas de cerdo,
    la piel de pollo y el foie-gras.
Y no nos movemos del lado de aquel
    que desprende su olor.
Al que huele así, a ése lo protejo durante
    toda una vida.

No es que quiera quejarme.
Unas cosas con otras, he tenido suerte.
Emily siente debilidad por los perros
y los ojos de Friedbert no pueden
ver a través de la mesa de la cocina.

# Capítulo tercero,

en el que la pequeña es la más grande para mí

¡Y ahora os hablaré de la pequeña!

Ella es la estrella de mis ojos, mi rayo de sol,
    la alegría de mis días.

Cuando ella me llama Anton

con su voz de campanillas,

suena casi como Brendon.

Ella es la única que sabe cómo

rascarme la cabeza correctamente.

Tiene manos suaves, ligeras.

Se deslizan por la piel como una lengua de perro.

La pequeña apenas es más alta que yo.

Sin embargo, puede berrear como

una verdadera cuernilarga sedienta y

patalear como un toro

y balar como una oveja y llorar
    como un chacal dorado.

Cuando ve a la gata, se pone a patalear
    y a balar y a berrear.

¡Y Misi huye de ella como del
    diablo!

En cuanto ve llegar a la pequeña,

el gatuno animal abandona el mejor sitio

y huye bajo el sofá,

incluso bajo el armario de la cocina.

Y allí se queda.

¡Amo a esta niña!

Ella es mi compañera de juegos.

Ella es mi camarada.

Los dos juntos, somos invencibles.

¡Y qué bien huele!

¡A leche y chocolate! ¡Mmmmm!
Comparte las galletas conmigo y
los bocadillos de foie-gras, me da queso,
que a ella no le gusta, y en ocasiones
¡deja caer trozos de chocolate!
Yo la he autorizado
a beber de mi cuenco.
Lo hace muy hábilmente.
Casi creo que su lengua es más larga
    que la de los demás.
Y algo más nos une:
cuando sorbe mi agua,
vienen corriendo Emily y Friedbert
y exclaman: "¡Mala!" y "¡Caca!".
Cuando era más pequeña,
dominaba a la perfección andar a
    cuatro patas.
Era casi tan rápida como yo.

Pero le han quitado la costumbre de andar
     a cuatro patas,
Ahora tiene que caminar erguida como los demás.
Al principio, le resultó difícil
y tropezaba, cayéndose con frecuencia.
Yo le lamía las lágrimas y le
prometía que cuidaría de ella.
Ahora se sujeta a mi collar cuando salimos a pasear.
Resulta algo incómodo porque así
no puedo acorralar a las liebres.
Pero le da seguridad.
Eso es lo más importante.
Mi tío Ferenc decía
que los pequeños son los más débiles
de los rebaños y que cuidar de ellos
es la obligación del perro pastor.
Con las ovejas, es lo mismo
     que con las personas.

La pequeña vive casi siempre en el suelo,
     como yo.
Lo que más le gusta es estar conmigo debajo de
la mesa. Allí bebe siempre su leche por las noches.
De una botella con una gran
     tetina de goma.
La tetina es muy blanda.
A veces, me deja chupar de ella.
Entonces es casi como antes,
cuando yo estaba a la teta de mi madre.
Ya entonces se trataba de conseguir el mejor sitio.

Nosotros, los perros, nacemos ciegos
y, a pesar de ello, sabemos exactamente
    dónde están esas tetas.
Las olemos y aquel que ha conseguido la
    de la leche más abundante,
ése crece más rápido, ése tiene todo
    para ser el jefe de la manada.
La vida del perro es, desde el principio,
una lucha.
Tienes que empujar a los hermanos y
tú mismo no puedes permitir que te empujen
    a un lado.
Si has perdido el mejor sitio
    una vez,
no es tan fácil volver a recuperarlo.
El mejor sitio en el vientre de la madre,
que está siempre en el medio.
Los hermanos te dan calor por ambos lados
y recibes la dulce leche
que ahí fluye a borbotones.
Yo lo supe inmediatamente.
Bela y Bratko fueron más lentos y
más débiles, sin hablar de Bence.
Es un milagro que se haya
convertido en un perro pastor
    porque cuando era pequeño
siempre se quedaba apartado y gemía
de hambre en sueños.
Creo que Bence no conseguirá jamás ser jefe
    de manada, ya entonces lo supe.

La pequeña lo tiene fácil.
No tiene que luchar con ningún hermano
　　por el mejor sitio.
La dulce leche es solamente para ella.
Y, aun así, no estoy seguro
de que sea una buena jefa de manada.
Mi tío Ferenc decía
　　que la lucha pertenece a la vida.
El que no aprende a perder,
　　tampoco aprende a ganar.
Muchas veces nos contó la triste historia del pobre
Mangalica, que vivía completamente solo como
cerdo preferido de una princesa de la Puszta.
Ella le alimentaba noche y día con ricos
manjares, con leche y miel y pan de almendras.
Y si el cerdito gruñía suavemente,
　　le daba ricos pasteles.
Así, año tras año. El cerdo
se hizo grande, gordo y pesado y, un
día, la princesa ya no lo encontró
　　divertido.
Se lo entregó a un porquero,
que se lo llevó con su manada.
El gordo Mangalica se rió a carcajadas
al ver a los escuálidos familiares.
"¿Qué clase de famélicos sois?
¡Si uno no supiera que sois cerdos,
os confundiría con corderos!".
Los escuálidos familiares no dijeron nada.

Sin embargo, cuando esa noche llegó
el chacal, olió la grasienta presa. Los
cerdos gritaron apretándose a través del
estrecho portón y se pusieron a salvo.
El gordo Mangalica no estaba
    acostumbrado a correr.
En definitiva, el chacal lo degolló
    y lo arrastró a su madriguera.
Mi tío Ferenc decía que nosotros debemos
    tener en cuenta que
los bien alimentados no siempre son los
    más fuertes.


A la pequeña no le puede pasar eso.
Ella me tiene a mí.
Yo soy su hermano.
La enseño a correr y a
    luchar.
Me preocupo de que no
    engorde.
La mitad de sus galletas me pertenecen.
Y si ella lo olvida,
se las quito de la mano.
Entonces se enfurece y lucha contra mí.
Yo la pellizco, ella me pellizca.
Rodamos por el suelo.
Me tira de las orejas,
yo le tiro de las mangas y de las perneras.
Con cuidado, naturalmente.

Sé que ella no tiene una piel capaz de protegerla.
Sólo que Friedbert no sabe que yo lo sé.
Siempre se entromete
si luchamos el uno contra el otro.
Gruñe "¡malo!" en voz alta en mi
dirección y a la pequeña le dice:
"¡Deja inmediatamente de molestar al perro!
¡Terminará mordiéndote!".
Pero la pequeña se ríe de él y
exclama con su voz de campanillas:
"¡Pues entonces yo también le morderé!".
Así se hace, hermanita.
Aprenderás cómo se lucha
    y se vence.


El mejor sitio para dormir de noche es la piel
    de cordero a los pies de la cama de Emily.
Huele a mi tierra, la Puszta, y a
    oveja de Valaquia.
Naturalmente, está terminantemente prohibido
acostarse ahí, pues Friedbert no admite perros
    en el dormitorio.
¡Quiere que yo duerma en el cesto para perros!
¡En el cesto y en el pasillo!
¡El muy ignorante!
El cesto está hecho de mimbre.
¿Has intentado alguna vez dormir en un
cesto de mimbre?

No hay nada más incómodo que el mimbre,
incluso es mejor dormir directamente sobre la tierra.
Y, además, el cesto de mimbre es demasiado
    pequeño para mí.
Me gusta dormir estirado.
Me gusta estirarme.
En el cestito para perros, tengo que
hacerme un ovillo, como un gato,
    que es lo peor.
Le he dejado claro a Friedbert
    lo que pienso
de los cestos para perros.

Noche tras noche, muerdo las ramas de
    mimbre hasta romperlas
y cada mañana tengo que soportar
    el griterío
que hace Friedbert al ver el daño.
Y que diga "malo".
Y tiene razón: no conozco nada
que sepa tan malo como la madera de mimbre.
Pero yo insisto
y acabaré con este cesto.
Porque, en definitiva, yo soy un perro
    pastor con poderosos dientes.

¡En nuestro país, en Hungría, hay un código
    de honor que dice
que el rebaño tiene que mantenerse
    siempre junto!
Solamente si el rebaño está muy junto,
yo puedo mantener alejada a la comadreja
de las estepas y al chacal dorado.
¿De qué sirve un perro pastor en el pasillo
si por la noche el gato montés se introduce
sigilosamente por la ventana y les sorprende
    durmiendo?
Es algo que sucede con frecuencia. Mi tío Ferenc
lo vivió en sus propias carnes.
Familias enteras han perdido la vida durante
    la noche:
el gato montés en su delirio sanguinario, la
puerta del dormitorio cerrada y únicamente
sobrevive el perro.
Pero ya no es vida
si has perdido a tus amos.
Mi tío Ferenc contaba que esos pobres
perros pastores se tendían sobre
la sepultura de la familia
sin comer nada debido a su tristeza y
dolor y, finalmente, allí
    morían.


Por suerte, Emily deja casi siempre la puerta
    un palmo abierta,
y cuando oigo que el jefe de la manada
    por fin ronca,

me introduzco sigilosamente en la habitación
y me acuesto sobre esa suave piel de cordero.
Nueve veces yo he conseguido, y no Friedbert,
la huida del gato montés.
Pero el jefe de la manada no me lo agradece.
Todo lo contrario:
Friedbert se despierta sobresaltado
    y me grita
de forma que mis oídos retumban.
Ya sé
que el gato montés se parece a Misi.
Sólo que Friedbert todavía desconoce
lo mala y peligrosa que es esta gata.
En definitiva, aún no ha tenido que sentir
    sus uñas, afiladas como cuchillos,
en su nariz.
¡Sí, la ingratitud es la recompensa
    del perro pastor!

No es que quiera quejarme.
Unas cosas con otras, he tenido suerte.
Tengo a Emily de mi parte,
la pequeña es la estrella de mis ojos
y Friedbert terminará aprendiendo
a valorarme.

# Capítulo cuarto,

en el que todo está revuelto

Mi tío Ferenc decía siempre
    que hay días
en los que nada sale bien.
Comienza ya por la mañana.
Las ovejas balan como estúpidas,
el gallo canta dos horas antes,
    los gansos chillan
y los chacales ululan.
Y todo tiene que ver con el viento que
sopla en la Puszta, que gime y brama y
silba y altera todo.
El viento es un embaucador.
Te hace creer
que el chacal está cerca.
Te sopla su olor en la nariz.
Tú te levantas, haces la ronda,
lo olfateas, el viento te revuelve el pelo,
pero el chacal se mantiene invisible.
Yo jamás hubiera pensado
que esos días también se dieran aquí.

Aunque, ciertamente, ellos no conozcan a
las ovejas de Valaquia ni a los chacales dorados,
conocen el viento.
El mismo que en Hungría,
que aquí también brama sobre los campos,
arranca las ramas de los árboles,
azota la lluvia contra los
cristales de las ventanas, silba y gime.
En esos días, hay que mantenerse junto
   al rebaño.
Eso lo sabe cualquier perro pastor.
Solamente si el rebaño se mantiene muy junto,
la tempestad no le hará nada.
Lo juro: yo hice todo lo que pude.
Incluso me tumbé delante de
la puerta de entrada
   y no me moví
cuando Friedbert quiso salir.
Ningún "¡paso!" ni "¡vamos!" me hizo
   dejar libre la puerta,
ningún "¡aquí!" ni "¡vas a obedecer!".
Pero, ¿qué iba a hacer?
Él me ha engañado.
Se fue a la cocina
e hizo crujir la bolsa.
Sabía perfectamente que yo iría.
¿Conoces ese ruido?
¡Ese crujido es maravilloso!
Es oírlo y de inmediato se despiertan las
   papilas gustativas.

¡Te despierta incluso del sueño más profundo
y, al instante, abandonas tu
    sitio preferido
porque sabes que hay cortezas de cerdo!

¡Pero Friedbert me ha engañado!
Rápido como un rayo, cerró la puerta de
    la cocina. Estaba encerrado.
Sin haber conseguido ni siquiera una
    sola corteza.
Salté contra la puerta,
    aullé,
¡ladré insistentemente
para que no abandonara la casa!
¡Pero fue inútil!
En lugar de escucharme,
Friedbert simplemente se alejó del rebaño.
Y yo, imitando a Misi,
me subí en la silla y, desde allí,
    a la mesa de la cocina.
¡Tenía que mirar por la ventana,
tenía que cuidar de Friedbert!
¿Cómo iba a saber que sobre la mesa
estaban la vajilla y la fina tetera?
¿Cómo podía yo saber
que el mantel resbala?
Con Misi, nunca había sucedido.
¡Ella siempre se pasea dando vueltas por
    encima de la mesa de la cocina!

Es increíble la cantidad de trozos en
los que se puede romper una tetera
y el ruido que hacen los platos
        y las tazas
al golpear contra las baldosas.
Fue un tintineo y un estrépito
que hubiera hecho huir al más hambriento
de los chacales.
Me oculté debajo de la mesa, donde,
por casualidad, había un par de rodajas
        de mi fiambre favorito,
que habían ido a parar allí sin hacer yo
        nada
y antes de que la bandeja de los fiambres
se estrellara.
Tenía que calmar mis nervios, claro,
y comer siempre ayuda.
Eso es algo que Emily no pudo entender
cuando abrió bruscamente la puerta
y profirió un agudo grito que
fue como oír diez silbatos para perros, juntos.
Vociferó y lloró delante de la ventana
        con más fuerza que el viento.

Agarró la escoba y me empujó.
Yo me apreté contra la pared, atrás del todo.
Pero tampoco allí me sentía seguro.
La escoba me daba una y otra vez
y únicamente me quedó la huida hacia delante:
¡entre las piernas de Emily!
¿Cómo podía yo prever que me quedaría
enganchado con las garras en la alfombrilla?
A Misi nunca le había sucedido,
pese a que todas las mañanas ronronea
alrededor de las piernas
    de Emily.
Y, de pronto, Emily se encontraba en el suelo.
¡Gracias a Dios, ella no se rompió en mil
    pedazos!
Pero gimoteó como Bence cuando
aún era pequeño.
Naturalmente, corrí rápido hacia ella
y lamí su cara
y ella no se opuso,
algo que era una mala señal.
Estaba completamente pálida y se quejaba.
Me tumbé a su lado
y no me separé de ella.
De cuando en cuando, la empujaba con el hocico.
Así lo hacemos con las ovejas
    cuando queremos
que se pongan de nuevo en pie.

Pero no se movía.
Fuera el viento silbaba.
Cuánto me alegré
al oír abrir la puerta de casa
y los pasos de Friedbert acercándose.

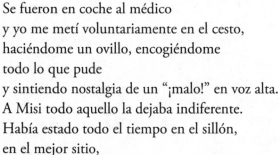

Se fueron en coche al médico
y yo me metí voluntariamente en el cesto,
haciéndome un ovillo, encogiéndome
todo lo que pude
y sintiendo nostalgia de un "¡malo!" en voz alta.
A Misi todo aquello la dejaba indiferente.
Había estado todo el tiempo en el sillón,
en el mejor sitio,
haciendo como si durmiera.
Mi tío Ferenc tiene razón:
los gatos no conocen ni el sentido de la culpa
    ni el de la compasión.

Ellos solamente miran por sí mismos,
no han nacido para la amistad.
Con los ojos semicerrados, Misi
observó cómo estaba
        en el cesto de mimbre,
empequeñecido y consciente de mi culpa.
Se estiró y después pasó
delante de mí directamente
hacia la mesa.
Se subió en ella de un salto
y, ante mis ojos, sorbió imperturbable
el contenido de la jarrita
hasta la última gota de leche.
¡Con lo sediento que me sentía!
Ni una gota de agua en la escudilla,
solamente pedazos de vajilla.
Sí, hay días en los que
nada te sale bien.

No es que quiera quejarme.
Unas cosas con otras, he tenido suerte.
Cuando regresaron, no me riñeron,
se olvidaron de mí.
Emily cojeaba todavía un poco,
Friedbert recogió todos los pedazos
de la vajilla
y la pequeña únicamente
me estiró un poco de las orejas.
Estaba de morros
porque echaba en falta su plato favorito.

# Capítulo quinto,

en el que informo sobre las cosas inútiles

El despertador es tan estridente e inútil
como el silbato para perros.
Lo necesitan para despertarse por las mañanas.
No tienen ningún gallo
que les anuncie la salida del sol.
Sucede así:
el despertador suena estridentemente,
ellos se giran en la cama intentado despertar
y golpean con la mano
contra un botón.
Y, de nuevo, se hace el silencio,
se dan la vuelta y siguen durmiendo.
En Hungría, el gallo cantaría
      una segunda vez,
pero este despertador se mantiene mudo.
Así que tengo que despertarlos yo.
Con mis ovejas, eso era sencillo:
un breve, cortante ladrido
y ya estaba todo el rebaño en pie.
Con ellos, necesito ladrar un buen rato,
también ayuda gemir y escarbar.
Así piensan que tengo que salir
a hacer mi regato y, finalmente, se levantan.


No dejo de sorprenderme de la
cantidad de aparatos inútiles
que acumulan.
A la pequeña, le han traído un juguete
      en forma de pato.

Huele a felpa y,
al morderlo, hace cuac.
La pequeña me lo regaló inmediatamente.
Claro, es inteligente y sabe diferenciar
los auténticos patos de los falsos.
Por cierto, ha aprendido de mí
cómo asustar a los patos.
En cuanto los ve,
sale corriendo con sus cortas piernas.
A veces pienso
que hay en ella un buen perro pastor.
Las cosas inútiles me las regala
para que las rompa a dentelladas.

Pero regresemos a Friedbert y Emily:
en nuestra sala de estar, se encuentra
    una gran caja negra,
delante de la que ellos se sientan todas las noches,
como los pastores húngaros alrededor del fuego.
La caja emite ruidos
y muestra imágenes que se mueven rápido.
Los ruidos son sorprendentemente auténticos.
El otro día casi creí
que había ovejas
    en nuestra sala de estar
y que el tío Ferenc ladraba.
Pero no podía ser
porque tío Ferenc está en Hungría
y tampoco podía olerlo.

Por si acaso, respondí ladrando,
e inmediatamente se volvió a oír "¡no!" y "¡malo!".
En esa caja hay un timbre que suena
como el de nuestra casa.
¡Naturalmente, ladro cuando suena!
Deberían estar contentos de que yo tenga
tan buen oído y esté tan vigilante,
pero solamente protestan y dicen:
"¡Cállate de una vez!".
Y por eso pienso
que esa caja es algo inútil,
una embaucadora como el viento de la estepa.
La caja les hace ver cosas
    que no existen.
Porque aquello que uno no puede oler,
tampoco existe.

Pero lo más inútil son los zapatos
colocados en una estantería del pasillo.
Hay por lo menos veinte pares. Qué
digo veinte, ¡treinta pares!
De todos los colores, de todas las formas.
Y eso que cada persona solamente tiene dos pies.
Naturalmente, yo sé
que ellos necesitan zapatos
porque su pies son más delicados
    que nuestras patas.
Pero, ¿por qué tantos?
Los zapatos pertenecen a Emily.

¿Recuerdas a qué huele ella?
¡Exacto! ¡A foie-gras y jamón!
Y sus zapatos huelen así.
Cuando tengo que estar acostado en el cesto,
el olor a foie-gras y jamón llega a mi nariz.
Y yo tengo que estar con frecuencia en el cesto,
porque Friedbert insiste en que,
después de un largo paseo por
    el bosque,
el pelo se me seque en el cesto.
Opina que, de lo contrario, toda la casa
    huele a perro.
No entiendo qué puede haber de malo
en ello.
Si uno es un perro,
huele a perro
y todo lo demás sería falso.
¡Yo no puedo oler a gato!
¡O a oveja!
Y si él no puede soportar mi olor,
¿por qué me ha admitido en casa?

Nosotros, los perros pastores, olemos bien
mojados y secos. Eso está claro.
Aun así, el jefe de la manada tiene la última
palabra y, si me envía al cesto,
tengo que conformarme.
Al principio, me premiaba
con cortezas de cerdo.
Pero esos tiempos pasaron.
Ahora únicamente es: "¡Anton! ¡Cesto!".
Y se marcha, cierra la puerta
y se sienta delante de la caja negra.
Yo oigo ladrar a perros desconocidos en
        nuestra sala de estar.
Oigo bramar a vacas cuernilargas
        y escucho voces desconocidas
que hablan en lenguas extranjeras.
¿Tú sabes cuánto tarda
en secarse el pelo de perro?
Te lo digo: tarda horas
y esas horas te parecen
        una eternidad.
En Hungría, corría con el pelo mojado
tres veces alrededor del rebaño de ovejas
        y ya estaba seco.
Era por el viento.
Pero en el cesto no sopla viento alguno.
Ni siquiera un airecillo.
Dios sabe que en la casa hay mejores
sitios para secarse.

¡Por ejemplo, el sitio donde está
Misi, el radiador!
A ella, todavía no le ha dicho Friedbert:
"¡Hueles a gata!"
Sí, a ella se le permite siempre
acostarse sobre el radiador en la
sala de estar.
¡Incluso le permiten meterse en la cama!

En definitiva:
tú estás en este cesto para perros,
    en una postura incómoda,
esperando a que estés seco,
las horas se estiran,
te mueres de aburrimiento,
mordisqueas desganado las tiras de mimbre;
uno ladra, de vez en cuando, en la caja negra
casi como el tío Ferenc,
tú olfateas, no, es sólo un engaño.
¡Y, de pronto, lo hueles!
Huele a foie-gras y jamón
y el olor viene de la estantería de zapatos.
Si Friedbert hubiera abierto ahora la puerta
de la sala de estar, si hubiera exclamado:
"¡Anton, ven!", entonces no hubiera sucedido nada.
Pero la puerta siguió cerrada.
De verdad que luché duramente contra mí mismo.
Sabía que no estaba permitido
    masticar zapatos.
Emily es muy suya con sus cosas.

Y más aún con sus zapatos.
Pero olían tan bien a jamón
y a foie-gras y a piel de cabra...

Yo me aburría,
y cuando me aburro
    tengo que masticar algo.
Eso nos ocurre a los perros pastores.
En Hungría, se nos permitía masticar
    tiras de cuero.
Fortalece vuestros músculos de la mandíbula,
aleja el hambre y es bueno para la
    dentadura,
decía tío Ferenc.
Los cestos de mimbre no saben bien.
Las tiras tienen un sabor muy amargo,
    son duras y leñosas.
Pero los zapatos de Emily son suaves, tiernos
    y jugosos.
Así que me levanté,
me acerqué sigilosamente a la estantería,
tiré de un zapato
y regresé rápido al cesto.
¡Ah, fue maravilloso!
¿Has probado alguna vez a masticar
    piel de cabra?
Es completamente blanda y tierna
y sabe algo salada
    y a infancia.

Si me preguntas a mí,
los zapatos de piel de cabra saben
claramente mejor que
las cortezas de cerdo secas.
Cuando, por fin, llegó Friedbert
para dejarme entrar en la sala,
sólo quedaba una suela de goma negra
    junto a mi cesto.
La bronca que siguió
fue peor que un terremoto.
Incluso Misi abandonó como un rayo
    su sitio en el radiador
y se ocultó debajo del sofá.
Friedbert me tiró de las orejas y
    me chilló.
Y Emily vio la suela negra del zapato
    y lloró.
Como castigo, debería dormir toda la
noche a oscuras y solo sobre una vieja manta
    en el sótano.

Y se habría hecho realidad
si no me hubiera salvado la pequeña.
¡Mi hermanita, la estrella de mis ojos!
Vino descalza, en pijama, bajando
    las escaleras del sótano.
Se acostó a mi lado, me acarició
y consoló.
Yo le di calor y los dos nos
quedamos dormidos.

No es que quiera quejarme.
Unas cosas con otras, he tenido suerte.
Cuando, más tarde, Emily nos
encontró así, todo volvió a estar bien.
Me permitieron acompañarlos arriba
y nadie estaba ya enfadado.
Solamente Misi bufó al verme.

# Capítulo sexto,

en el que quieren enviarme a la escuela

Algo pende en el aire.

Lo noto.

Toda la mañana han estado hablando
    de mí.

Estoy acostado bajo la mesa,

tengo los ojos cerrados
    y les escucho.

"Tú siempre has querido tener un perro",
    dice Friedbert.

El perro soy yo.

"Yo no podía saber que el animal estuviera
tan mal educado", dice Emily.

El animal soy yo.

"¡Eran mis mejores zapatos!",
dice Emily. "Y no ha sido la primera vez.

Eso cuesta dinero. ¡Y tampoco
    escucha!".

¡No es cierto!

¡Escucho mejor que Friedbert y Emily
    juntos!

"Es un perro pastor", dice Friedbert.

"Cedes demasiado. Un perro pastor
necesita autoridad".

Yo no había pensado
que Friedbert supiera tanto sobre
    perros pastores.

"Mira quién habla", dice Emily.

"Él no reacciona en absoluto al silbato".

¡Es cierto!

"Pero lo elogio y lo premio.

Únicamente premiándolo hace lo que debe hacer",
    dice Friedbert.
¡No es nada tonto!
Yo hago casi todo por cortezas de cerdo.
"Bueno, ¿qué propones tú?", pregunta Emily.
Friedbert remueve con la cucharilla el azúcar
    en el té.
Suena casi como los cencerros
que llevan al cuello las vacas cuernilargas.
"¡Vamos, dilo de una vez!", apremia Emily.
"¿Qué hacemos con Anton?".
Anton soy yo.
"Propongo
llevarlo a una escuela para perros",
dice Friedbert.
¿En una escuela para perros? ¿Yo?
¡No!
Me levanto de un salto.
y me meto voluntariamente en el cesto.
Haré todo lo que me pidan
con tal de que no me envíen a la escuela
    para perros.
Sé perfectamente lo que sucedería allí,
porque el tío Ferenc decía que si
vais a una escuela de perros,
perderéis vuestra libertad.
La escuela os romperá el espinazo,
    decía.
Allí hay cosas

que son cien veces peores que
    un silbato para perros.
Allí hay cadenas y bozales,
    decía tío Ferenc.


¡Yo no quiero ir a la escuela para perros!
Incluso me haré amigo de la gata.
No mordisquearé ningún zapato más.
No destrozaré mi cesto de mimbre.
No perseguiré a las liebres ni a los patos.
Me echaré voluntariamente a sus pies.
Obedeceré siempre
al silbato para perros.
¡Seré tan sumiso como un cordero
con tal de que no me envíen a la escuela
    para perros!
"¡Fíjate!", dice Emily. "¡Parece como si
hubiera entendido cada palabra!".
Se inclina hacia mí y me acaricia.
"¡Así, Anton, así está bien!
¡Metido en tu cestito!
¡Eres un buen perro!", dice Emily.
"¡Y mañana irás a la escuela
    de perros!".


Esa noche, me quedé por primera vez
    voluntariamente en el pasillo.
Soñé que

llevaba puesto un bozal y tenía que
arrastrar una cadena de hierro tras de mí.
La escuela estaba en un bosque de zarzamoras.
La cadena se enganchó
en las ramas de las zarzas. Yo tiraba con fuerza
y, sin embargo, no podía liberarme.
De pronto, aparecieron quince chacales,
me rodearon y levantaron sus orejas.
Después arquearon sus lomos como gatos,
lo hacen siempre cuando atacan,
levantaron los rabos y se dispusieron
    a saltar.
Yo no podía moverme.
No podía ni siquiera enseñarles los dientes
porque el bozal estaba muy apretado
    alrededor de mi hocico.
Me desperté.
Misi estaba sobre el alféizar de la ventana.
Sus ojos brillaban como carbones amarillos
    en la oscuridad.
Y, aun así, me alegré
de ver al gatuno animal.
Incluso le hubiera ofrecido amistad
si hubiera sabido el lenguaje de los
    gatos.
Y entonces sucedió algo
que yo jamás hubiera creído posible:
Misi saltó del alféizar de la ventana
y se me acercó muy lentamente.

Inclinó su cabeza y la apretó
contra la mía.
Yo no me movía.
No me atrevía casi ni a respirar.
Misi se tumbó panza arriba
y dejó que lamiera su barriga.
Ronroneó de satisfacción.
Algo es cierto:
¡los gatos pueden leer los pensamientos!
¡Eso nunca nos lo había contado tío Ferenc!

Esa noche, Misi se acostó a mi lado
y dormimos espalda contra espalda.
Cuando Emily nos encontró así por la mañana,
las lágrimas asomaron a sus ojos.
"¡Friedbert!", llamó. "¡Ven,
    tienes que verlo!
¡La gata y el perro en el cestito!
    ¡Qué tierno!".
Y Friedbert llegó y nos vio acostados
y dijo: "¡Eres un perro bueno, Anton!
¡Eres un perro bueno!".
Entonces confié en que
no me llevarían a la
escuela para perros.
Pero resulta que una vez que
las personas han decidido
    un plan,
mantienen ese plan.

No es que quiera quejarme.
Unas cosas con otras, he tenido suerte.
Pero lo de la escuela estaba decidido
y, después del desayuno, se pusieron
    los zapatos.
Friedbert fue a buscar la correa, me
la colocó y me llevó al coche.

# Capítulo séptimo,

en el que hago progresos

La escuela para perros se encuentra en un
    bosque lleno de zarzas.
En eso, no me engañó mi pesadilla.
Una valla alta de hierro cierra herméticamente
    el recinto.
Se abre un portón
y Friedbert me conduce dentro, Emily nos sigue.
El portón se cierra tras nosotros.
Yo tiro de la correa de izquierda a derecha,
    de derecha a izquierda.
Puedo oler tantas huellas,
    tantas señales de perros
que me siento marear.
Tiro de la correa. Quiero seguir.
Friedbert tiene dificultades para contenerme.
De pronto, un tirón me atraviesa.
Mi cuello es levantado con fuerza.
Me doy la vuelta sorprendido y la veo:
    ¡Es la profesora!

Se llama Señora Steppentritt
    y huele a perro.
Es muy pequeña y nervuda,
tiene pelo corto y negro en la cabeza,
ojos azules y fríos como el acero y me mira
    recriminándome.
Inmediatamente, me arrojo al suelo.
Me pongo de espaldas.
Ella coloca su mano sobre mi pecho.

"Mi querido amigo", dice,
"¡eso no se hace!".
Habla muy bajo, muy severa.
Me mira fijamente a los ojos.
Así te mira un chacal poco antes de
    atacarte.
Si las miradas pudieran matar, ahora yo
    estaría muerto.
Evito su mirada.
Me retuerzo.
Quiero levantarme.
Ella, sin embargo, me sujeta firmemente
y me aprieta contra el suelo.
No me queda otra salida
que someterme.
Me lamo el hocico.
Ella entiende la señal y afloja su
    presión.
Pero, antes de que pueda incorporarme,
vuelve a sujetarme
    y esta vez más fuerte.
Me susurra al oído:
"A partir de ahora, harás lo que yo diga",
susurra. "Yo soy el jefe.
*¡Tú aquí sólo eres el perro!*
¡Ya lo aprenderás, Anton!".
Y afloja su mano.
Me quedo tumbado.
"¡Bravo, Anton!", dice. "¡Y ahora, ven!".
Bajo el rabo y la sigo.

Me lleva atado a la correa,
siempre a lo largo de la valla.
Ya van tres vueltas y ahora la cuarta.
Acoplo mis pasos a su ritmo.
No me atrevo a tirar.
Friedbert y Emily están en el portón
y miran asombrados.
La señora Steppentritt les pasa la correa.
"¡Inténtelo ahora usted, Friedbert!
Es muy sencillo. Tiene que llevarlo muy corto
y no olvide:
¡la dirección la marca usted!
¡El perro tiene que seguirle!
¡No usted al perro!".
Después de una hora de entrenamiento,
    estoy agotado.
Tuve que saltar obstáculos.
He aprendido ¡siéntate! y ¡quieto!
El ejercicio no es fácil. Ellos dicen "¡quieto!"
y yo no me puedo mover,
a pesar de que ellos se alejen
y, sin mí, puedan tener una desgracia.
Pero la señora Steppentritt no tolera
ninguna contradicción.

Si no hago lo que ella dice,
entonces me obliga a ello.
Me ordena con su voz,
    baja y cortante.
Susurra "¡plas!"
y, si no me dejo caer al
instante, coloca su mano sobre
mi cabeza.
Es sorprendente:
si hace eso,
mis patas tiemblan.
Sencillamente, me caigo.
Tampoco necesita un silbato.
Gorjea como un pequeño pájaro
cuando debo acudir.
Es sorprendente:
cuando gorjea así,
me doy la vuelta y corro hacia ella.
La lengua me cuelga hasta el suelo.
Jadeo.
¡Nunca más tiraré de la correa!
¡Seguro que no!
Me quedaré siempre a medio paso
    del jefe de la manada.
Quiero irme a casa.
Sólo quiero dormir.

Ahora sé, por fin,
lo que tío Ferenc quería decir
al advertirnos sobre la escuela para perros.

Ahora conozco la correa extensible.
Es, por lo menos, tan larga como
quince cuernilargas colocadas una detrás
de otra en una fila.
Inicialmente, tú no la notas.
Ves las liebres, echas a correr
y, de pronto, te ves levantado sobre tus
    patas y te caes.
Ni siquiera necesitan correr detrás de ti.
Simplemente se quedan al borde
de la pradera y esperan a que sea
el momento. Entonces pisan en el
final de esa correa.
Así, no es nada divertido perseguir
    a las liebres.
La caída es dolorosa.
Y, después de la tercera vez, he
    desistido.
Al final, la señora Steppentritt incluso
    me ha elogiado.
Me regaló una rancia galleta para perros.
Yo podría ser un perro maravilloso,
aprendo rápido, ha dicho,
hago grandes progresos.
Con una autoridad rigurosa, Friedbert y
    Emily estarían contentos conmigo.
Necesitaría un máximo de veinte horas
y yo habré aprendido lo esencial.
¡La galleta estaba seca y no me
    ha gustado!

No es que quiera quejarme.
Unas cosas con otras, he tenido suerte.
Friedbert está orgulloso de mí
y Emily me rasca la cabeza.
¡Sé que me quieren
y yo también los quiero!
No obstante, ahora deseo irme a casa.
¡Solamente quiero dormir y estoy contento
de que mi dueña se llame Emily
y no señora Steppentritt!

# Capítulo octavo,

en el que me convierto en héroe

Los días se vuelven cada vez más cortos
y fuera hace un frío intenso.
Misi se pasa el tiempo durmiendo en su
	sitio, sobre el radiador.
Si se baja, a veces ronronea frotándose
contra mis patas y casi nunca
	saca sus uñas.
Me gusta el invierno,
porque mi pelo es espeso y cálido
como el de una oveja.
El invierno es la época del año
donde no necesito sudar.
Antes, en Hungría, había metros de
nieve y nos arrojábamos sobre ella,
revolcándonos y ladrando fuerte
	de placer.
Aquí no nieva. Aquí hace frío.
El estanque de los patos se ha helado.
Solamente queda un agujero en el centro,
donde se concentran centenares de patos
que graznan suavemente.
Desde que voy a la escuela para
perros, los patos me son
	indiferentes.

Raramente siento el impulso
    de ladrarles.
También los días del silbato han pasado.
Si Friedbert sisea ligeramente,
    acudo corriendo
y si dice "¡plas!", me dejo
caer al instante.
Soy un perro bueno.
Sucede que Friedbert ha traído otra
clase de galletas para perros,
jugosas, blandas y saben casi
como piel de cabra.
Sería infantil no hacer lo que dice si me
premia como a un príncipe.

Cuando Emily sale de casa,
lleva puesta una piel como la mía.
A la pequeña le ponen botas
con forro y gorro de
piel de oveja.
Con su gorro y sus mejillas rojas,
parece una princesa de la Puszta,
de las que tío Ferenc nos ha hablado siempre.
Entre tanto, ella domina tan bien el caminar
a dos pies que a Emily y Friedbert les resulta
    difícil seguirla.
Únicamente yo soy suficientemente rápido
    para, si hace falta,
sujetarla por las mangas.

Entonces ella se detiene
y Friedbert me elogia en voz alta y
       me regala una galleta.


Habíamos estado caminando un buen rato.
Un paseo de domingo por la tarde
con todo lo que ello conlleva:
traerles palos, rastrear huellas,
el sonido de las hojas caídas, hacer carreras
y ¡ven! y ¡aquí!, ¡plas! y ¡quieto!
y alborotar con la pequeña en el campo.
Yo sudaba a pesar del frío.
Mi cálido aliento flotaba como una nube
       delante de mi hocico.
La pequeña tenía las mejillas rojas como manzanas
y chillaba de alegría
cada vez que conseguía sujetarme del collar.
Tiraba de mí de un lado a otro
y no se cansaba en absoluto.
Había oscurecido ya cuando llegamos al
       estanque de los patos.
La pequeña se adelantó corriendo, yo tras ella
y Emily y Friedbert caminaban despacio
cogidos de la mano,
enfrascados en una conversación.
No sé exactamente cómo sucedió.
Solamente sé que
la pequeña vio a los patos en el estanque
y lanzó su grito de cuernilarga.

A la vez, pisó en el hielo.
Era veloz como un rayo,
no se la podía detener.
Los patos levantaron el vuelo.
La pequeña lanzaba gritos de alegría
y corría cada vez más deprisa
y directamente hacia el agujero.
Ladré para que se detuviera.
Pero no me escuchaba.
Entonces salí disparado
detrás de ella.
Tenía que obligarla
a detenerse.
¡Era cuestión de segundos!
El hielo resbalaba
y apenas podía sostenerme.
El hielo crujía con cada salto.
Notaba los latidos de mi corazón
hasta la punta de la lengua.
Pasé como un disparo junto a la pequeña,
me di la vuelta y la arrojé al suelo.
Ella gritó furiosa.

El agujero quedaba a un palmo.
Aquí, el hielo era especialmente delgado.
La sujeté por la pernera y tiré de ella
tan rápido y cuidadosamente como
pude hasta la orilla.
El hielo se hundió detrás de nosotros.
¡Salvados!, pensé, ¡estamos salvados!
Después, la solté.
La pequeña continuaba gritando.
Emily la levantó, estrechándola
contra sí.

Friedbert estaba pálido como un pastor húngaro
        a la luz de la luna,
temblaba y sus zapatos goteaban.
Había intentado también correr por el hielo;
sin embargo, era demasiado pesado.
Una vez que me sacudí el agua del
pelo, mi respiración se tranquilizó.
¿Por qué tanta excitación?
Para mí, como perro pastor, aquello
        no había sido nada especial.
Sacar a un niño del hielo es un juego de niños.
En Hungría, se saca del hielo incluso a vacas.
Por no hablar de esas tontas
        ovejas.
Bueno,
en Hungría el hielo es algo más grueso
y no cruje así.

Aun así, el tío Ferenc se hundió en dos
    ocasiones.
Todavía recuerdo los carámbanos en su piel.
Solamente con un gran esfuerzo había
podido salvarse del frío agujero de agua.
Me resultaba penoso ver a
Friedbert tan indefenso.
No era necesario que me abrazara
    y acariciara.
No cesaba de hacerlo.
En definitiva, él es el jefe de la manada, pensé,
¡un buen jefe de manada nunca puede
    mostrar debilidad!

Sin embargo, cuando llegamos a casa,
comenzó un nuevo tiempo para mí.
No podía creerlo.
Se me permitía hacer todo aquello
que antes estaba severamente prohibido.
No tuve que meterme en el cesto
    para secarme,
a pesar de mis mojadas patas llenas de barro.
¡Nadie me dijo que olía a perro!
Todo lo contrario:
¡Emily hundió su nariz en mi mojado pelo
y me llevó al mejor sillón, al lado
    de la calefacción.
Era como si me leyeran los deseos
    en los ojos.

El mismo Friedbert fue al frigorífico,
abrió la pesada puerta y
sacó jamón, foie-gras
y piel de pollo frito para mí.
Comí de su mano.
Misi miraba perpleja desde su sitio en
    el radiador,
observando todo, y se lamía los labios.
Emily calentó leche y me llenó
el comedero
y, al llegar la noche, la puerta
del dormitorio se encontraba completamente
    abierta por primera vez.
Friedbert señaló hacia la piel de cordero y dijo:
"¡Anton, amigo mío, a partir de hoy puedes
dormir sobre la piel de cordero!
¡Eres el mejor perro del mundo!".
Después se metieron en la cama, yo a los pies,
y Emily repetía una y otra vez:
"¡Si no hubiera sido por Anton,
ni pensarlo Friedbert, no, ni pensarlo!
¡Es un perro héroe, Friedbert, un héroe!".
Eso ya era demasiado.
A pesar de sentirme cansadísimo,
¡no podía quedarme allí!

No es que quiera quejarme.
Unas cosas con otras, he tenido suerte.
Sencillamente, me levanté,
    arrastré mi piel de cordero
hasta el cesto para perros
y tuve, por fin, mi merecido descanso.

# Capítulo noveno,

en el que me como un ganso de Navidad entero

No es fácil ser un perro bueno.
Pero ser un perro héroe,
    es lo más difícil.
Tengo grandes dificultades
para acostumbrarme a ese papel.
No solamente Friedbert y Emily
    han cambiado,
incluso la señora Steppentritt es muy
suave cuando habla conmigo.
Los pequeños de la escuela de cachorros
    levantan sus ojos hacia mí.
Lloriquean y gimen como locos,
quieren estar muy cerca de mí
cuando vengo a entrenarme.
Probablemente piensen
que el brillo de héroe se contagia.
Yo soy un ejemplo, dice la señora Steppentritt.
Pero es que yo no quiero serlo.
Yo sólo quiero estar tranquilo.
Quiere incluso educarme como perro
    de rescate.
Yo tendría ese talento, que es tan raro.
Sin embargo, Friedbert lo ha rechazado.
Le costaría demasiado, opinó.
Y, además, yo ya sabía rescatar.

Pero temo que Friedbert se equivoca.
A la señora Steppentritt no le interesa el dinero.
Se le ha metido en la cabeza

que yo podría ser algo muy especial
y quiere demostrarle al mundo
que es así.
Hace tiempo que ha comenzado con mi
     formación como perro de rescate.
Me obliga a arrastrarme
     por un túnel.
El túnel es de tela,
extendida sobre una estructura
     de alambre.
Los primeros días, había una galleta
     para atraerme.
Y, últimamente, tengo que balancearme
     por escaleras.
Ella dice que eso me divierte,
pero no es así.
Yo no estoy libre de vértigo
y nunca me han gustado los túneles.
En Hungría, esos túneles conducen
     a los chacales.
Ellos traen al mundo a sus hijos
     en cuevas.
Ningún perro pastor húngaro
     se atrevería
a pisar un túnel.

¡Y tío Ferenc nos ha enseñado a evitar
siempre cuevas y túneles!
La señora Steppentritt opina distinto.
En Hungría, estaría perdida.
Es muy fatigoso
ser un perro héroe,
un ejemplo y un salvador.
En realidad, solamente se tiene
    una ventaja.
Es una gran ventaja, por supuesto:
desde entonces, me pertenecen los
mejores sitios en toda la casa.
Si estoy delante de mi sillón preferido
en el que se encuentra dormida la gata,
inmediatamente Misi es llevada a otro
    lugar.
Creo que ella me odia por eso.
De nuevo, me enseña sus uñas bufando
    ligeramente
en cuanto me cruzo en su camino.
La pequeña es la única que se
ha mantenido completamente normal.
Juega conmigo como siempre.
Hace tiempo que ha olvidado
que la arrastré por el hielo.

El nuevo juego se llama empujar.
Ella corre hacia mí, yo me caigo,
entonces ella se ríe y yo también.

También ha cambiado el camino del paseo.
Ahora, Friedbert y Emily evitan el estanque
    de los patos.
Me llevan por el otro lado.
Caminamos por el campo de maíz,
que se conserva en invierno para
    los faisanes.
¡El camino es mucho más peligroso!
Cruje por todos partes
y hay que tener muchísimo
cuidado para no perderse
porque el maíz es alto y denso.
Un bosque de varas
en el que viven los fantasmas.
Los faisanes levantan el vuelo
con un sonoro purr-purr
casi delante de mi hocico.
Yo soy un perro bueno.
A mí, esos pájaros no me preocupan.
Únicamente me dan un susto.
Sigo a Friedbert
a una distancia de medio metro.
Él es el jefe de la manada.
Quiero que él me guíe.
¡Yo no soy ningún héroe!

Algunos días, parece como si no amaneciera.
Dicen que es tiempo de Navidad.
Lo hacen a escondidas, cruje el papel de envolver
y ocultan paquetes por toda la casa.
La cocina huele a pastas
que Emily saca del horno.
Yo estoy en el banco de la cocina
　　y los observo.
De vez en cuando, la pequeña me da
　　una pasta.
Por mí, podía ser siempre Navidad.


Friedbert ha cortado un abeto,
que está en el pasillo, junto a mi cesto.
Huele a bosque.
Naturalmente, he levantado de inmediato
la pata y he dejado mi marca.
Hay que hacerlo
para que los demás sepan
quién vive aquí.
Los árboles están para eso,
para mearlos.
Después de semanas,
puedes oler todavía
el mensaje que te ha dejado
un desconocido.

Evidentemente, los gatos no son capaces
     de hacerlo.
Ellos únicamente piensan en trepar.
Apenas si el árbol estaba en el pasillo
y Misi ya se había subido a lo más alto
y maullaba porque desconocía el camino de vuelta.
Yo y la pequeña nos divertíamos viéndola
hasta que Emily puso fin al juego.
Como agradecimiento, Misi la arañó
     en la mano.

El día de Nochebuena, nevó.
Friedbert, la pequeña y yo salimos
     a jugar con la nieve.
¡Qué bonito fue!
Era exactamente la misma nieve que
había en Hungría.
Yo me revolqué y
mordí la nieve,
que se derretía en mi lengua.
La pequeña me imitó en todo.
Al final, los dos estábamos blancos,
helados y alegres como nunca.

Misi y Emily se habían quedado al
     calor de la cocina.
Creo que a Misi no le gusta la nieve.
Intentó salir con nosotros,
se hundió,

sacó la pata de la nieve,
la sacudió y, después de cuatro pasos,
    se volvió.
Me pareció muy raro, como un extraño
    baile.
Ahora, está sobre el radiador,
cierra con fuerza los ojos y hace
como si durmiera.


La cocina huele como en el País de Jauja.
Conozco ese olor de Hungría.
¡Huele a ganso asado!
He contado lo de la piel de pollo asado,
crujiente, grasienta, jugosa.
Sin embargo, la piel de ganso
es la reina de las pieles.
Nada en el mundo está más crujiente,
nada en el mundo sabe mejor.
Si yo hubiera luchado contra quince
    chacales,
si hubiera estado medio muerto de
    agotamiento,
si me hubiera encontrado en la Puszta
    medio congelado bajo metros de nieve,
¡podrías devolverme inmediatamente a la
    vida con un trocito
de piel de ganso asado!

Mi tío Ferenc contaba
que, en Hungría,
el día de Nochebuena,
los pastores buenos asan un ganso
    para sus perros.
Es una costumbre de los pastores húngaros,
pero jamás había esperado que mi
nueva gente conociera esa
    tradición.
Soy el perro más feliz del mundo.
Podría llorar de alegría.
¡Emily asa un ganso entero para mí!
No me separo de su lado,
la saliva me gotea del hocico.
Ella sonríe amable, acaricia mi cabeza
y riega el ganso con grasa de asar.
Suena una campanilla,
Emily se quita su delantal
    y me dice:
"¡Ahora llega el Niño Jesús!
Tú te quedas con Misi en la cocina, Anton.
¡Ten cuidado, volvemos enseguida!".
Se marcha y cierra la puerta.
Escucho
cómo fuera la pequeña grita y ríe.

Apenas si está cerrada la puerta,
aparece vida en el animal gatuno.
Yo ya sabía
que Misi no estaba dormida.

Se estira haciéndose todo lo larga
que puede y salta
    de su radiador a la mesa.
Ahí se encuentra mi ganso asado sobre
    un calientaplatos.
¿Qué se propone?
¡No lo intentará!
¡Pues sí, Misi lo intenta!
Le enseño los colmillos.
Ella saca sus uñas
y las hunde profundamente en
la carne del ganso.
Yo gruño fuerte;
a ella, sin embargo, no le impresiona.
El asado cuelga de sus garras.
Ella tira y tira.
El ganso es pesado, la gata liviana.
Puedo ver llegar la desgracia.
¡Cataplum!
Misi pierde el equilibrio
y cae de la mesa con mi ganso,
con la grasa pegada en su piel.
Maúlla asustada,
suelta finalmente el ganso y huye
bajo nuestro banco de la cocina.
Ahí está, el ganso,
dorado y aromático,
justo delante de mi hocico.
Le enseño brevemente los dientes a Misi.
¡y, después, es Navidad!

¡Es la Navidad más bonita de mi
        vida!
El ganso sabe maravillosamente.
Su dorada piel está crujiente,
la carne en su punto,
        tierna y blanda.
La grasa me gotea por la barbilla.
Nunca he estado tan saciado.
Salto sobre el banco de la cocina
        y le dejo a Misi
los restos del banquete.
Hay que saber compartir,
ha dicho siempre tío Ferenc.


Debí de quedarme traspuesto,
soñando con los pastores húngaros
        alrededor del fuego,
cuando el grito de Friedbert me sacó
        de mis sueños.
Se abalanzó sobre Misi y aulló
        como un chacal.
De reojo, vi a Misi
desaparecer como un rayo bajo
        el armario.
"¡Tú, ladrona!", bramó Friedbert.
"¡Tú, bandida, tú, monstruo de gata!"
Sostenía en la mano los huesos del ganso
y miraba incrédulo el vacío
        calientaplatos.

"Increíble", gruñó, "que la pequeña
gata... El enorme ganso asado entero…"
Y, de pronto, su mirada cayó sobre mí.
"¿¡ANTON!?"
Doblé las patas,
intenté esconder mi hocico.
    Demasiado tarde.
Con sus ojos de águila, Friedbert había
    descubierto la grasa en mi barba.
"¡Así que tú también! ¡Granuja!".
¿Cómo he podido creer que habían
 asado el ganso para mí?
Probablemente, mi heroicidad se me había
    subido a la cabeza.
¡Ahora eso también había terminado!

No es que quiera quejarme.
Unas cosas con otras, he tenido suerte.
Y, realmente, me sentí aliviado.
Es mucho más sencillo
ser un perro completamente normal.
Emily asó salchichas, que, en realidad,
eran para Misi y para mí.
Las comieron con la grasa del ganso,
lombarda y albóndigas de patata.

# Capítulo décimo,

en el que solamente digo la verdad

Naturalmente que los perros pueden reír,
aunque haya gente que no lo
    crea.
Reímos igual que vosotros.
Abrimos nuestra boca,
ladeamos un poco la cabeza,
estiramos los belfos y nos reímos.
La pequeña lo sabe.
Estamos debajo de la mesa de la cocina
y apostamos a ver quién ríe más.
Emily lo llama los cinco minutos tontos.
"Me gustaría saber, ¿qué es tan divertido?",
    pregunta.
No se lo decimos.
Sucede que la pequeña ríe porque yo río
y yo me río porque la pequeña se ríe.
¿Cómo se puede explicar eso?

Anteayer, Emily me llevó
    a la peluquería para perros.
Ahora, parezco casi un perro de aguas
con muchos rizos en la cabeza.
    El resto del pelo muy corto
para que no sude tanto
    cuando llegue el verano.
Desde entonces, Emily me acaricia con más
frecuencia y me encuentra especialmente guapo.
A mí me da lo mismo cómo estén mis pelos
    pues, en definitiva, algo es seguro:

Mi pelo crece día y noche.
¡Pero no me da lo mismo cómo huelo!
Porque el peluquero también me ha
    lavado.
Fue algo horrible.
Tuve que estar de pie en la bañera,
fui enjabonado y duchado
y ahora huelo como una pradera florida.
La pequeña metió inmediatamente su nariz
    olisqueando en mi pelo.
Dice que huelo exquisito.
¡Pero yo soy un perro,
no quiero oler exquisitamente!
En Hungría, está terminantemente prohibido
lavar a los perros pastores.

Mi tío Ferenc nos contó muchas veces
la triste historia del hijo tonto
del pastor que había lavado
        a su perro.
Después de lavarlo, el perro olía
        como una pradera de flores
donde pacen las vacas cuernilargas,
        a las que él debía vigilar.
Por la noche, cuando las vacas
estaban en el establo, el perro
se acostó como siempre
        a su lado.
A la mañana siguiente, el hijo del pastor
encontró allí únicamente sus huesos.
Las vacas cuernilargas habían creído
que el perro era su pradera de flores.
¡Y, sencillamente, se lo comieron!
¡Desde entonces, en Hungría no se
permite bañar a ningún perro pastor!,
nos contaba el tío Ferenc.
Un perro tiene que oler como un perro.
Si los perros huelen como praderas floridas
y las praderas floridas como perros,
entonces nadie sabrá a qué atenerse,
entonces todo el mundo se volverá loco.
Imagínate a las pobres ovejas
que no quieren comer hierba
porque sabe a perro.
¡Solamente quería que tú lo supieras!

La pequeña quería saber si los
    perros pueden llorar.
¡Y tanto que podemos llorar!
¡Lloramos con gusto y bien alto!
¡Preferentemente con luna llena!
Y si uno comienza con el llanto,
entonces todos los perros lo acompañan.
Y cuando los pastores les oyen, lloran también.
En las noches húngaras de luna llena,
    sencillamente lloran todos.
Incluso las ovejas lloran.
Sí, incluso los chacales.
Mi tío Ferenc decía
que es por la triste historia
    del Perro en la Luna,
que todo perro húngaro recuerda
    en las noches de luna llena.

Hace mucho tiempo,
cuando los deseos todavía servían,
los perros convivían en paz y amistad
con los chacales.
Compartían las charcas
y, si el invierno era muy frío,
algunos perros encontraban refugio
en la casa del tío Chacal Dorado.
Ya entonces los chacales dorados vivían
    en cuevas,
que acondicionaban con mullido
    heno,
y sus despensas estaban siempre
    bien surtidas.
Estaban considerados unos buenos anfitriones
    y muy sociables.
Contribuían gustosamente con carne
y huesos si, a cambio, les traían
    las novedades.
En aquel tiempo, a los perros no les iba
    nada bien.
Eran pobres, deambulaban por el mundo.
No tenían ni hogar ni un dueño
    que les diera de comer.
Pero poseían mucha información, llegaban
a muchos lugares y conocían las
    mejores historias.
Los chacales dorados adoraban
    escuchar historias
y, así, acogían de buen grado a los perros
compartiendo sus cuevas con los invitados.

Era la noche más fría del invierno,
los chacales se habían acomodado
en el heno y se disponían a dormir
     cuando oyeron llorar.
Se consultaron y decidieron
abandonar su estancia
para comprobar quién era el que lloraba.
Se arrastraron por el túnel que
     conducía fuera de la cueva.
Y miraron, bajo la clara luz de la luna.
Parpadearon y vieron a
un pequeño perro blanco que se encontraba
     sentado en la nieve.
Alargaba su hocico en dirección a la luna
y gemía lastimosamente.
"¿Qué te pasa?", preguntó el chacal
más viejo. "¿Por qué lloras? ¿Tienes
hambre? ¿Tienes frío? ¿Te duele
     algo?".
El pequeño perro no dejaba de llorar.
Gemía, se quejaba y aullaba de forma que
     ablandaba a las piedras.
Los chacales no sabían qué hacer.
"¡Ven a nuestra cueva! ¡Te daremos de comer,
te daremos de beber! ¡Y tú nos cuentas algo!".
Pero el pequeño perro blanco
     no les prestaba atención.
¡Miraba a la luna y lloraba!
Así que los chacales también miraron
     hacia la luna

y, al reconocer lo que allí vieron,
nunca más pudieron olvidarlo.
Increíble.
¡Era un gran perro blanco,
sentado en la luna y saludando con la pata!
¿Cómo había llegado hasta allí?
¿Y por qué saludaba?
Los chacales tenían muchas preguntas,
olfateaban una extraordinaria historia.
El pequeño perro blanco, sin embargo,
    no daba ninguna respuesta.
Únicamente, lloraba.
Los chacales se disgustaron.
"¡Esto es obra del diablo! ¿Cómo llega

un perro a la luna? ¿Por qué no hay allí
ningún chacal?", preguntaron celosos.
"¡En definitiva, este mundo les pertenece
a los chacales! ¡Y, sobre todo,
la luna nos pertenece a nosotros!
¡Es una desfachatez el que ahora
nosotros tengamos que contemplar
el Perro en la Luna en las noches
        de luna llena!".
Cuanto más boquiabiertos miraban a la luna,
más furiosos se volvían los chacales.
Temblaban de ira.
Y entonces determinaron
que, a partir de ahora, no acogerían a perros.
Algo estaba claro:
los perros no merecían la pena.
Eran enemigos.
El primero en sufrirlo fue el pequeño
        perro blanco.
Desde esa noche, los chacales inventan
        sus propias historias.
Y siempre aparecen en ellas grandes
perros blancos, a los que, en noches
de invierno, obligan a huir y refugiarse
        en la luna.
Pero nosotros, los perros, miramos
hacia el cielo en las noches de luna llena,
vemos al Perro en la Luna y
nos ponemos tristes y lloramos la
noche entera.

Es una lástima que la pequeña no hable
    suficientemente bien el perruno
para entender todo lo que digo.
Cuando he terminado de contar,
    me mira interrogante,
después se sube al regazo de Friedbert
y le hace la misma pregunta:
"¡Papá, quiero saber si los perros pueden
    llorar!".
Friedbert arruga la frente
    y reflexiona.
Tengo mucha curiosidad por su respuesta.
Nosotros, los perros pastores, estamos
unánimemente de acuerdo en que
    las personas
no saben mucho del mundo.
Mi tío Ferenc decía:
tienen una mala nariz, malas orejas,
andan sobre dos pies
y sus lenguas son demasiado cortas.
Si pudieran vigilar ellos mismos a los rebaños,
jamás nos darían de comer.
¡Como perros, vosotros sois superiores a las
    personas, no lo olvidéis!
Me pregunto
qué sabe Friedbert de nuestros llantos.
Se toma tiempo para su respuesta,
probablemente sus pensamientos sean también
más lentos que los nuestros, creo yo.

Misi está acostada sobre el radiador.
Hay tanto silencio
que puedo oír cómo respira.
"Yo sí creo que los perros pueden
llorar", dice finalmente Friedbert, "aunque su
llanto no es comparable al de las personas.
No tienen lágrimas,
encogen el rabo, gimen suavemente
     y se esconden.
Un perro triste jamás te traerá
     un palo,
no juega, no come,
su pelo no tiene brillo... En definitiva,
es la viva imagen de la miseria".
"¿Y cómo sabes tú eso?", pregunta ahora
     la pequeña.
"Bueno, no podrás acordarte", dice
Friedbert, "pero cuando Anton llegó a casa,
era el perro más triste que jamás
me he encontrado.
Tienes que saber que procede de Hungría
y no lo tenía nada fácil.
Lo encontraron en una vieja caja de cartón
     delante de una protectora de animales.
Estaba medio muerto de hambre.
Tenía otros tres hermanos,
pero para dos de ellos la ayuda llegó
demasiado tarde. En la protectora, sacaron
     adelante a nuestro Anton.

Lo metieron en una jaula para perros
    huérfanos.
Allí vivía también un viejo perro pastor ciego,
al que todos llamaban tío Ferenc.
Y nos contaron
que el tío Ferenc se preocupó conmovedoramente
    de él.
Le daba calor por las noches y lamía
    su vientre
cuando Anton gemía.
Y, aun así, pasó bastante tiempo hasta
que Anton recuperó la alegría.
Al principio, era solamente un montoncito
de miseria, se resguardaba contra la pared
    ante cualquier sombra
y por las noches gemía y lloraba.
Lo peor era cuando había luna llena.

Se ponía delante de la ventana,
miraba hacia la luna y lloraba como un lobo".
Al oírlo, la pequeña se desliza rápida del regazo
    y viene donde yo estoy, debajo de la mesa.
Me acaricia.
Tiene unas manos tan suaves y ligeras que se
deslizan por el pelo como una lengua de perro.
Su boca está cerca de mi oreja
y, de pronto, susurra:
"Yo sé muy bien por qué has llorado tanto
    cuando había luna llena.
¿Has visto al blanco Perro en la Luna, verdad?".
Asiento silencioso.
Lamo su mano.

No es que quiera quejarme.
Unas cosas con otras, he tenido suerte.
¡Amo a esta niña!

# Epílogo

Me llamo Anton y soy un
   perro pastor húngaro.
Y existo de verdad.
Lo mismo que la pequeña,
que se hace cada vez más grande
y se llama Lili.
Ahora vivo en Alemania,
en Münsterland, en un castillo rodeado de agua.
Yo he tenido mucha suerte.
Fui salvado por protectores de animales.
Encontré un hogar
y la mejor familia del mundo.

Westerwinkel, marzo de 2011

# Índice

**Jutta Richter** (Burgsteinfurt/Westfalia, 1955). Publicó, siendo todavía una escolar, su primer libro. Estudió en Münster teología católica, germanística y periodismo. Vive en el castillo de Westerwinkel desde 1979, y trabaja como escritora independiente. Su obra ha sido distinguida con varios e importantes premios literarios.

Otros libros de Jutta Richter publicados en Lóguez:
*Todo lo que deseo para ti, El día en el que aprendí a domar arañas* (Premio Alemán al Libro Juvenil), *El verano del lucio* y *Cuando yo hice de María.*

**Hildegard Müller** nació en 1957. Es diseñadora gráfica, ilustradora y autora. Vive entre Maguncia y Loquard. Sus libros ilustrados han recibido importantes premios.

## EL VERANO DEL LUCIO
ISBN: 978-84-89804-88-3

"Todo era como siempre, como si no hubiera sucedido nada". Y, sin embargo, en ese verano todo cambia. Mientras Anna quiere detener el tiempo, Daniel y Lukas intentan capturar al lucio. Y, detrás de las persianas bajadas, se encuentra Gisela, la madre de ambos, en su lecho de enferma. Daniel cree que si capturan al lucio, su madre se pondrá bien. Anna no lo cree, pero Daniel y Lukas son sus amigos.

Jutta Richter narra el último verano de una niñez, de la esperanza y de la tristeza, de la amistad y del amor de hermanos, que consuela también allí donde el consuelo es lo más difícil.

## EL DÍA EN EL QUE APRENDÍ A DOMAR ARAÑAS
ISBN: 978-84-89804-37-1

Aguafiestas, así llaman los niños a Rainer. Porque, de alguna manera, es distinto y tiene una extraña familia. Aun así, es Rainer el que siempre está ahí cuando el miedo aparece, cuando la gata del sótano acecha en la oscuridad o cuando la araña gigante espera a sus víctimas desde el techo de la habitación. A él siempre se le ocurre algo: Rainer escucha, ahuyenta a la gata del sótano e incluso sabe cómo se doma a las arañas.

Sin embargo, a los demás no les cae bien Rainer y así resulta muy difícil ser amigo suyo. Porque, en realidad, ¿para qué sirve una amistad que solamente trae problemas y hostilidades? Pero, ¿depende de eso? ¿No es mucho más importante que alguien esté ahí cuando se le necesita?

Jutta Richter narra, con un lenguaje denso y sugestivo, una historia sobre la exclusión, la amistad y la traición.